# 벚꽃의 다음

# 벚꽃의 다음

초판발행일 | 2012년 11월 30일
2쇄 발행일 | 2013년 3월 30일

지은이 | 박상돈
펴낸곳 | 도서출판 황금알
펴낸이 | 金永馥
주 간 | 김영탁
편집실장 | 조경숙
표지디자인 | 칼라박스
주 소 | 110-510 서울시 종로구 동숭동 201-14 청기와빌라2차 104호
물류센타(직송 · 반품) | 100-272 서울시 중구 필동2가 124-6 1F
전 화 | 02)2275-9171
팩 스 | 02)2275-9172
이메일 | tibet21@hanmail.net
홈페이지 | http://goldegg21.com
출판등록 | 2003년 03월 26일(제300-2003-230호)

ⓒ2012 박상돈 & Gold Egg Publishing Company Printed in Korea

값 8,000원

ISBN 978-89-97318-30-8-03810

# 벚꽃의 다음

박상돈 시집

황금알

| 시인의 말 |

# 다짐의 한 마디

캄캄한 어둠 속이라 하여
빛을 포기하지 말자
그만이다 말하지 말자
그래, 여기까지야, 라는 말도 하지 말고,
곧 사라질 듯
꺼져가는 작은 불씨라 하더라도
조그만 것 하나
이어져 남아 있다면
소망은 있고 희망도 있다
이제 끝이다,
이런 말도 절대 하지 말자
과거 지나온 발자국은 지금 현재의 나이고
지금 현재의 나의 발자국은 미래의 나
지금부터 시작이다
이렇게 말하자

2012년 10월
까치고개 촌집에서
돌샘 박상돈

# 차 례

## 1부

1부

# 투병 鬪病

힘들지
힘이 들겠지
혼자 버티기는 더더욱
누군가 대신할 수 있다면
부탁해 볼 수도 있지만 절대
그럴 수 없는 일 어쩔 수 없잖아
홀로 마무리해야지 그래도 세상 많이 좋아졌잖아
벌써 자연과 하나가 되었을 텐데
이것도 복이니 감사하여야지
욕심을 가져 봤자
또 다른 환난의 씨앗
힘들지
어쩔 수 없잖아
이겨내야지
홀로

# 큰고모님

– 어떠니?
– 괜찮아요.
– 밥은 잘 먹니?
– 네, 잘 먹어요.
– 밥 잘 먹으면 되었다 이제 아프지 말어.
– 네.


여든을 훌쩍 넘어 꼬부랑 할머니 된 큰고모
지팡이 짚고 언덕 오르다가
백혈병 걸려 비실비실 걸어오는
쉰 중반의 조카 보고 한 말씀 하신다

# 나의 병은 만성 골수성 백혈병

나의 병은 만성 골수성 백혈병
곧 열릴지 모르는 죽음의 문 앞에 서 있다

죽음이야 누구도 피할 수 없다지만
막상 서 있어 보니 눈물만 흐르고
지난 그림은 색의 강도만 높여 간다
아직,
숨구멍은 열려 있어 살 희망이 있다 하니
그래, 한번 믿어 보자
요즘 의술의 높이가 하늘에 닿았다고 하잖아

나의 병은 만성 골수성 백혈병
하루하루 죽음과 싸움하고 있다

# 슬픈 이유

욕심,
종착역이 없다

# 어머님 사랑이 깊어 황송할 따름

만성 골수성 백혈병 걸려 골수이식하니
28년간 학교에서 아이들을 가르쳤어도 거침없이 쫓겨
나고
전에는 아이들과 말다툼하며 살았는데
지금은 돌연변이들과 티격태격하며 산다
싸움에서 이기면 오랜 시간 세상에 남는 것이고
지면 하나님 나라 가는 것이지만
그런 일은 생각하고 싶지도 않고,
물가는 하늘 높은 줄 모르고 뛰고 있고
아들아이 봉급은 쥐꼬리보다 작으니
하는 일 없이 빈둥빈둥 백수白壽까지 살면 이것도 기막
힐 일이다
"젠장"
더럽고 지저분한 말이 저절로 입에서 춤을 추고
눈앞의 장막도 버거운데
보이지 않는 장막이 혼란의 머리를 몽둥이로 때리고
있으니
미리미리 사서 고생하는 버릇
어디서 만들었는지 종아리 맞아야 한다

목사님은 맡겨 놓으면 다 된다고 하고
사람들마다 사람 하는 일 아니니
둥글둥글 넘어가라고 자기들의 말들만 떠드는데,
한 번 만들어진 버릇은 좀처럼 방향 바꾸려 하지 않고
버티니
아버지를 생각하게 하고
어머님 사랑이 너무 깊어 황송할 따름이다

# 나의 목소리

살려달라고,
백혈병 낫게 해달라고,

억울하다고
반짝반짝
별 하나 만들어 놓고 가게 해달라고
아직은 안 된다고
큰 소리로 기도하였다

하나님 말씀하신다
"네 목소리 너무 커."

# 봄꽃

조용히 피었다가 그렇게 지고 싶다

가만가만 불어주는 바람은 좋다
시끄럽게 주절대는 바람은 싫다
하여도,
거부하지 않으마
바람도 자기 살기 위한 것
막을 생각은 없고

오직 나는 나
기도하고 운동하고
백혈병과 이기는 싸움하면서
나는,
그냥저냥 나의 길 갈 뿐이다

# 오늘 나는 아프다

내일이라는 단어는 아름답다
내일이라는 말은 기쁘다
소망이 있고 희망이 있고 밝음이 있을 때

내일이라는 단어는 아프다
내일이라는 말은 슬프다
절망만이 가슴에서 넘실거릴 때
시계야, 걸음발에 자물쇠를 채워라
내일이란 단어에다 지우개 갖다 붙여라

오늘
나는 아프다

# 시詩 쓴다고

시 쓴다고
시 쓴다고
남 꿈속 헤맬 때
책상머리 앉아 끼적끼적 날밤 새우고

시 쓴다고
시 쓴다고
남이
읽어주지도 않는 시 쓰느라고

백혈병 약
먹은 기억 없어 약봉지 세었다

# 애비라는 이름

이 세상에서
내게 주어진 일들을 온전히 마칠 수 있다면
그때 내가 웃으리라

이 세상에서 내게 주어진 하나님 계획
한 점 흐트러짐 없이 행할 수 있다면
그때도 나는 웃으리라

내 육신의 근육이 나를 버린다 하여도
마지막 남은 겉껍질로
내가 하여야 하는 일 모두 끝낼 수 있다면

그때,
자연 앞에
모든 것 바치리라
애비라는 이름도 벗고

# 난, 당신의 인형

아내와 헤어지라 하여 헤어졌습니다

백혈병 걸리라 하여 백혈병 걸렸고
골수이식하라 하여 골수이식하였습니다

왜 이렇게 하여야 되는지는
묻지도
따지지도
불만도 갖지 않겠습니다

교장선생님 하고 싶었는데 평교사로,
정년퇴임 때까지
선생님으로 남고 싶었는데 오십 중반에 명예퇴임

지금
어깨충돌증후군으로 고통받으라 하여
열심히 고통받고 있습니다

난, 당신의 인형입니다

## 물에 빠진 사람


나는, 물에 빠진 사람

눈감고
물속 물풀만 잡고 허둥거리는

"하나님, 살려주세요!"

# 넋두리

넋두리 한번 털어놓겠습니다

장미꽃은 왜 저렇게 예뻐서 모가지를 잘리고
돼지고기 삼겹살은 왜 저렇게 맛있어서
만날만날 불판 위에서
지글지글거려야 되느냐고

넋두리 한번 떨었습니다

넋두리

# 가는 팔월

팔월이 갑니다
지겹게도 살에 달라붙어 끈적끈적하더니
흐름 앞에는 어쩔 수가 없었던지
창틈으로 찾아드는 작은 바람에 조용조용 갑니다
팔월이 갑니다
나날이 고개 숙이는 벼이삭의 무게가
힘에 겨웠던지
노랗게 물들어 가는 들녘 바람에 가만가만 갑니다
두렁 사이사이에 엷은 초록의 억새꽃
하천 둑길 낮은 곳의 갈대
오는 구월 수채화에 한 곳을 차지하기 위해서인지
가는 팔월에 박수를 보내고 있습니다
힘듦이 지나면 풍요가 오겠지요
그리고 풍요가 지나면 기나긴 이별이 오고
긴 이별이 지나고 나면
새로운 탄생의 축복이 찾아올 것입니다
항상 해 왔던 것처럼
자연은 이렇게 돌고 돌아 언제나 제자리
먼저 것의 흔적은 새로움에 양분이 되고

먼저 것의 알맹이는
시간을 이어주는 단단한 끈이 될 것입니다
팔월이 갑니다
언제나 그랬던 것처럼
팔월, 다시 올 것이고 다시 갈 것입니다

# 예나 지금이나

길 옆으로 피는 산수유는
예나 지금이나 노란색
친구 집 정원에 피는 목련은
예나 지금이나 하얀색

봄바람 들녘에
농부의 거름치기가 반가워
이불 걷어차고
용기 있게 밖으로 나가 보나
목으로 들어오는 봄바람은
걸음발만 모질게도 집으로 돌리는데

이웃집 울타리 개나리
예나 지금이나 노란꽃 피었고
우리 집 텃밭 진달래
예나 지금이나 연분홍꽃 피었다

# 귀로歸路

돌아가는 길은 걱정하지 마라
항상 예비된 길은 평화롭고 평탄하다

싫다고 아니 간 사람 있던가
무섭다고 되돌아온 사람 있던가

돌아가는 길은 걱정 마라
조용히 그때가 되면
맑은 날 산벚나무꽃 온 산 하얗게 날리고
세상 모든 꽃
그대 가는 길에 융단을 깔아 놓을 것이다

그날 그저
소풍 가듯 가면 된다

# 하나님 것


주자
달라고 하니 주자

자연이
몸 되돌려 달라 하니

고맙습니다 하며 주자
기뻐하며 주자

내 육신
하나님 것

# 마지막 이파리

조용히 사라졌다
언제나 함께 있을 줄 알았다

가질 수 있는 힘 사라지면
모든 것
스스로 멀어진다는 것

마지막 이파리가 지면서
알았다

2부

# 소망

삼월 매화가 당신만큼 어여쁘겠습니까
오월 초록이 당신만큼 푸르겠습니까
꽃송이를 크게 하고서
작은 비에 붉은 꽃잎 뚝뚝 떨어뜨리는 유월 목단의 수
줍음이
당신만큼 아름답겠습니까
뜨거운 날 대나무로 만든 죽부인을 가슴에 꼭 안아 본들
당신하고의 긴긴 밤에 부른
사랑가를 다시 오순도순 부를 수가 있겠습니까
선선한 가을날 자연이 주는 수채화를 바라본들
당신하고 바라보던 텃밭 채소들의 춤사위보다 흥겹겠
습니까

세상 바람 크게 불어 훨훨 날아간 당신
다시 나를 찾아오지 않을까 근심 걱정에 하루가 어두
우니
때때마다 환하게 피어 오는 아름다운 꽃들의 향기도
벌과 나비가 찾지 않는 독이 된 듯합니다

떠나간 것에 미련은 없습니다
떠나간 것에 대한 사랑도 없습니다
단지 떠나고 난 다음의 빈자리
다음이 다가와서 조용히 채워주기를 바랄 뿐이었는데
찬바람만 부는 허허벌판뿐이니

봄은 깊어가고
너 나 할 것 없이 짝 찾아 들과 산을 넘나드는 바람인데
하나님께서는 작은 것에도 계획 있다 하셨으니
삼월의 아름다운 매화꽃의 따스함과 오월의 맑은 초록이
계절이 가기 전
찬바람을 잡아줄 것이라 믿어 봅니다

# 아저씨, 덥지 않으세요

아저씨, 덥지 않으세요
볕이 뜨거워 모두 훌렁훌렁 벗고 사는데
긴팔에 입마개하고
그늘도 없는 길 홀로 걷고 계시나요

아저씨, 덥지 않으세요
바람도 쉬고 있는 길을
바람 있이도 들어길 수 없게 중무장하고
부지런히 걸어 어디 가시나요

축 처진 들풀을 보세요
저들도 뜨거운지 기력을 뿌리에만 놓고 있고
황새도 더운지
하천에 기나긴 발 담그고 얌전히 있는데

아저씨, 덥지 않으세요,
매미는 나무그늘에서 짝짓기 수업에
물고기는 물 속에서 높이뛰기 수업에 열심인 하천 둑길을
누구와 겨루느라 땀나게 걷고 계시나요

아서라, 애야,
아저씨는 백혈병을 앓고 있단다

# 다음

살올실*은 모두 여행 떠났고
피부는 색을 버렸다
파란 하늘은 예전 하늘
아파트 화단 푸름도 예전인데
저들과 난 놀 수가 없다
하여도,
잠깐 따로 있는 것
긴 기다림 후 만남을
오랜 그리움 후의 만남을

나는 계단을 오른다
나는 언덕을 오른다
나는, 기다림의 다음을 오른다


* 살올실: 근섬유筋纖維. 심줄을 이루고 있는 실 모양의 조직.

# 고양이 한 마리

고양이 한 마리 죽어 있다
좀더 살아 보겠다고
바싹 마른 몸 추스르고 걷는 산책길 옆 자동차길에서
들녘을 주름잡으며
작은 동물의
공포의 대상인 싱싱한 고양이가
달리는 자동차에 치여 죽어 있다

그 옆으로 열심히 걸었다
좀더 세상에 남아 보겠다고
뼈만 남은 몸 이끌고
후들후들 떠는 다리 달래 가면서
전혀 없는 근육에게 윽박지르듯 땀흘려 가며 걸었다
살아 있는 동물은 움직여야 한다며
냇가에서 부는 바람 벗삼아 열심히 걸었다

# 장판


처음엔 나도 맑고 깨끗하고 싱싱하였었다오
시간의 배를 타니 찢어지고 갈라지고 몰골을 잃었답니다
색종이 공예 만든다고 예리한 칼로 저의 몸 위에서 여
자아이는 칼질하고
로봇 놀이한다고 저의 몸 위에서 사내아이는 레슬링
경기하고
안사람 사치는,
저의 몸 위에다 갖가지 무거운 가구를 올려놓아
찌그러지고 움푹 파여도
열심히 닦아주는 그 안사람 사랑이 고마워 견디었는
데…
불만은 없습니다
내가 세상에 나와 가장 보람 있는 일이라는 것을 알았
기에
불평도 갖지 않았습니다
단지 좀더 오랜 시간을
지금까지의 삶 계속하고 싶다는 소망만 품어 봅니다

# 무엇을 주울까

벚꽃 하얗게 떨어진 길에서
유치원 꼬마들이 선생님과 즐겁다
꽃잎을 주워 하늘에 뿌리니 하얗게 눈이 내린다
수없이 꽃잎 떨어진 길에서 아이들은 예쁜 꽃잎을 줍
는다
떨어진 많은 꽃들 중에서
아이들은 예쁜 꽃잎만을 찾아 줍는다
나는 무엇을 주울까
기나긴 길에서 무엇을 줍고 있을까
떨어진 것 꽃잎만은 아닌데

# 개똥아버지

세상과 씨름하다 보니
마누라는 어떤 사내놈하고 눈맞아
집 나가 버리고
세상 바람과 씨름하다 보니
육체는 암癌덩이라는 놈과 바람나서
집 나가려 한다

할머니와 아버지, 아이 둘에 마누라
오붓하게 살았었는데
하나는 그렇게 떠나가고
할머니는 할아버지 곁
아버지는 하늘나라 어머니 곁으로 가시니
아이 둘에 세 식구

좋다는 공무원 직장 세월도 다 채우지 못하고
딸아이에게는 집안 살림
아들아이에게는 가장家長 자리 물려주고는
바람난 놈과
삼복三伏에

홀로 굳센 싸움


개똥아버지,
얼굴에는 언제나 웃음이 잔치를 하고
몸에는 푸름이 돌아오고
머리에는
까만 머리카락만 가득가득하소서
먼 훗날까지

# 개똥아버집니다

거친 바람으로 제 발길에 족쇄 채우지 마세요
지쳐 보인다 하여 우습게 보고 바람으로 저 막으려 하
지 마세요
이래도 왕년에는 대한민국 청소년 국가대표 선수였고
특공여단 병장 계급장을 갖고 있었던 사람입니다
바다에서 하천에서 물에 빠진 사람 건져도 보았고
자동차 운전 면허증도 갖고 있는 사람입니다
왕년이라는 낱말이 마음에 거슬린다면 그래서 우습게
보였다면
하나님이 저의 아버지시며
저의 든든한 뒷배경이라는 것만 알아주시기 바랍니다
성질은 살아 있어 지는 것은 아직 용서가 없습니다
지금 비록 내게 반기 드는 암이란 놈과 싸우느라 정신
없지만
그래서 조금은 지쳐 있지만
당신에게는 절대 지지 않습니다


저, 우습게 보지 마세요
개똥아버집니다

# 내가 내게 물음에 내가 내게 답합니다

나에게 묻습니다
오늘, 어떤 생각으로 하루를 보내려 하는지 묻고 싶습
니다

밖은 활기차게 움직이는 가을의 마지막 황혼
비록 아픔으로 인해 같이 행동하지는 못하지만
꼭꼭 닫힌 방 안에서 맑은 하늘 바라보는 눈으로
무엇을 생각하고 있는지 묻고 싶습니다

지금 닫힌 공간에서
할 수 있는 것에 대해 어떠한 결론을 내려놓았는지,
무엇을 하겠다는 생각보다는
무엇을 할 수 있을까에 마음의 중심을 놓고
제일 쉽게 할 수 있는 것에 마음을 가져가려 하는지,
너무 큰 것에 우울의 감정을 품고 있는 것은 아닌지,
너무 자랑스러움에 슬픔의 상처를 담고 있는 것은 아
닌지,

나에게 답을 보냅니다
오늘, 많이 웃고 많이 감사하라고

# 믿음


하나님께서
모든 것 책임져 주시겠다고
하셨기에

마음에 다짐하고 다짐하였지만
가벼운 감기 증세에도
몸 전체가 흔들린다
연실 외우고 외우면 무엇하랴
작은 흔들림에도
온전히 서지 못하는 믿음을

# 거북이 얼굴

지금 자리에서 뒤나 아래를 보지 못하지요
거북이가 토끼를 쫓듯
앞만 잡으려고 가진 힘 모두를 던지지요
거북이의 성실과
토끼의 여유가 필요한데
토끼의 빠름에 거북이 고집뿐이네요

전철을 보면,
버스를 보면,
길가다가 만나는 얼굴을 보면
모두모두 거북이 얼굴
그들은
언제나 꼴찌고 언제나 밑바닥이지요

# 연극 무대에 섰다


글쓴이 하나님, 감독 하나님, 연출 하나님, 무대는 우
주, 관중은 온 우주의 별
배우는 지구의 모든 살아 있는 생물, 무대 소품은 우
주의 모든 자연 현상


연극이 시작되었다
누구든 자신 역할에 불만 없다
식물은 식물대로 동물은 동물대로 사람은 사람대로
어긋남이 없이 흔들림이 없이 일사천리로 순조롭게 연
극은 시작되고 있다
온 우주의 별들이 반짝반짝 환호를 한다
온 우주의 관중들이 우레와 같은 박수로 열광을 한다


나,
연극무대에 섰다
배역은 이혼한 사내
백혈병 걸린 사내로

# 아들아

아들아
산책 가자
영산홍 곱게 핀 작은 정원
꽃구경 가자
반갑지 않은 또 다른 나
하얀 슬픔은

오월 볕에 모두모두 여행 보내고
아들아
우리
꽃구경 가자

# 친구야

친구야, 좋나
친구야, 행복하나
뭐가 그렇게 급해서 한걸음 달려가 거기에 있나
친구야, 좋나
지금 내게도 그쪽으로 오라는 편지가 왔는데
의사 선생님이 가지 말란다
나도 가기 싫다
좀더 여기에 있을란다
보고 싶어도 좀 참고,
아직은 때가 아닌 것 같아 조금만 더 버티어 보고
그래도 가야 한다고 하면 그때 갈게
친구야, 거기 좋나
난 여기가 좋다

# 겨울 방학

"어느 곳으로 전보 희망지역 적으셨습니까?"
"학교는요?"

갈까
남을까
어느 곳 어느 학교로 전보될까
항상 흥분된다
전보 내신서 쓰는 겨울 방학은 이래서 술렁인다

이제 내 삶의 겨울 방학
하늘 전보 내신서

쓸까
아니면 그냥 남아 있을까

# 화원花園의 꽃

화원에 갔습니다

많은 꽃이 있었습니다

사랑받는 꽃
그냥저냥
스쳐가는 꽃

꽃이 있었습니다

# 봄비

온종일
조용조용
마른 흙 부드럽게 적시더니

겨우내 입 막았던
두툼한
내 입마개 벗듯

목련도
슬그머니 입술을 열었다

# 벚꽃의 다음

비가 온다
아파트 화단의 벚꽃나무

꽃잎
스스럼없이 내려놓는다

언제나 이랬다
산벚꽃들은

해마다 해마다

3부

# 첫사랑

아침이 오면
멀리서 오는 기차가 그립다

하얀 연기 뿜으며 오는 기차에
새벽이슬 묻은 사람들
하나 둘
올라타고

아침볕에 반짝이는
억새가 곱고
노란 벼이삭
그리고 조금씩 변해 가는 가을이 곱다

연분홍 코스모스처럼 밝고
풀잎에 맺은 이슬처럼 맑은 그녀

저녁이 오면,
느릿느릿
코스모스 곁을 달리는
기차 또 그립다

# 늦가을

빨간 고추잠자리 한 마리

발밑에 앉는다

발걸음이 박자를 잃었다

늦가을도 헛발을 디딘다

가을이 참 깊다

# 패랭이꽃

망초들과 어우러져 엉켜 있었기에
눈에 쉬운 민들레꽃과 함께 있어
그냥 들꽃인 줄 알았습니다

사람 가꾸는 예쁜 화단에 있지 않고
뒷동산 조그만 언덕에
덩그러니 피어 있었기에
흔하디흔한 들꽃인 줄 알았습니다만

당신은,
하늘 아래 제일 예쁜 패랭이꽃인 줄
이제사 압니다

# 할아버지 얼굴에서 웃음을 봅니다

할아버지 근심이 많습니다
너른 밭에 콩 심었는데 키가 부쩍 자랐습니다

할아버지,

커다란 작대기에 낫 매달고 휘휘 저으며 모조리
너른 밭의 콩대 윗부분 꽃피기 전에 잘라야 합니다
거름 많아 키가 큰 콩대는 콩을 많이 달지 못합니다

할아버지 애쓴 덕에 늦가을 날 밝은 웃음꽃 핍니다
콩알처럼 단단하게 익은 웃음입니다

젊어 웃자란 콩대 같은 교만이 잘려야
늙어 구수한 웃음꽃이 피나 봅니다

# 재난 방송

큰 죄 지은 것 같다
그렇지 않고서는 하루에 이렇게 많은 비가 올 수 없다
산이 무너지고
하천이 범람하고
수십 명의 사람들이 죽고 사라졌다

한 시간에 100밀리 이상 물 폭탄을 쏟아 부으니
하루 강수량이 500밀리 이상을 훌쩍 넘으니
사람은 버틸 수가 없다
서울 도시 기능은 마비되고
농촌 도시 산골 모두 모두가 물 속에 잠기어 있다

전동차 자동차 연립주택 단독주택 아파트 펜션 농경지까지
좀 산다고 까불던 교만이
잠깐의 조물주 분노에 모조리 무너지고 잠겼다
큰 죄 짓지 않고서는 이런 난리가 없다
많은 잘못을 하고 있지 않으면 이런 응징이 없다

비는 멈출 생각이 없다
하늘은 검고 바람은 많은 비를 계속 부른다
앞으로 250밀리의 비가 더 온다고 아나운서 말이 급
하다
텔레비전에서는 계속 중계한다
재난 방송이라 한다

큰 죄 지은 것 같다

# 생각


덜커덩 덜커덩

누구네 집 이사 간다
좋겠다

1층 전세집에서
고층 새 집 사서 이사 간다

덜커덩 덜커덩

비 오는 날 누구네 집 이사 간다
엄청 좋겠다

# 철새

고가 사다리차 소리 요란한 것 보니

어떤 집 이사 가고
어떤 집 이사 온다

봄 가을

둥지 찾아 제비처럼
오고가고
둥지 찾아
기러기처럼 가고 온다

# 홀로 핀 진달래꽃

밤새 안녕하셨느냐고
촉촉하게 젖은 꽃잎으로 인사하는 너에게
지난밤
춥지는 않았냐고 되묻는다

똥오줌 못 가려 쫓겨난 강아지가
밤새 울었을 때
안타까움에
같이 울다 붉은 연한 분홍에게
달래주어 고맙다고 반갑게 웃어준다

모란도 있고 철쭉도 있고 장미도 있지만
너만이
화단서 밝게 웃어주니
아침이 포근하고 훈훈하기는 한데

어둠이,
바람이,

홀로
밤이 무섭거나 쓸쓸하지는 않았는지
인사하는 너에게
묻는다

# 별의 친구

화산마을 밤하늘, 수없이 많았던 별들은 모두 어디로
갔나
초가의 지붕 위에서 노닐던 수많은 별들
아파트단지로 바뀌니 무서워 도망갔는가
가로등으로 어둠 밝히니 가로등빛으로 숨어들었는가
가로등과 벗되기 싫어 어둠 찾아 여행을 떠났는가

그렇구나,
별들의 친구는 어둠
어둠과 놀던 곳이 그들의 놀이터
벗 그리워
한적한 시골로 어둠 찾아 떠난 거였구나

화산마을 밤하늘에는 별들이 보이지 않는다

# 그들은 그렇게 떠나갔다

이 사람 저 사람 만나다 보니 옛 사람들은
어느새 하나도 없다
이 꽃 저 꽃
피는 대로 구경하다 보니
어느새 지난 꽃들이 사라졌다
잠깐, 마음을 눈 가는 대로 내버려 두었더니
눈에는 새로움만 정들었고
그곳에 취해 있던 가슴은
지난 것들을 모두 잊어버렸다
뒤따라올 것이라는 막연한 기대감에
잠시 뒤돌아보지만

뒤에서는
허전함만이 따라오고 있었다
그들은 그렇게 떠나간 것
다정한 인사도 없이
그리움만 가슴 깊이 남겨 놓은 채
조용히 아주 조용히

# 능소화 凌霄花

그리워하였다고
사랑한다고
그래, 놓고 싶지가 않다고
꼭꼭 칭칭 감아
영원히 하나의 몸 하겠다고

고목에
푸르게 생명줄 걸더니
연한 주홍빛 꽃 활짝 피워 놓았네
사랑,
이렇게 하는 거라면서

# 에스컬레이터

올라가고, 내려가고,
간간이
거꾸로 가는 이도 있지만 괜한 발품만 팔고
어떤 이는
급한 일이 도착점에 있는지
움직임의 속도에 발걸음을 더하기도 하는

가만히 서 있어도 갈 자리에 가고
속도에 발걸음 더하기하여도 그 자리에 가고
그렇게
가고자 하는 방향으로 쉬지 않고 움직이는
에스컬레이터

그 위에 있다, 우린

# 뒤주

작고 조그만 가슴에 뒤주가 있다

어릴 적
우리집 대청마루에 있었던 뒤주
쌀 서너 가마 넣으면
그만이라 말하였는데

가슴속 작은 뒤주
넣고 넣어도
그만이라는 말이 없다

차고 넘쳐도,
매일매일 그리움에 울고 있다

# 내 고향 까치고개*


내 고향 까치고개는 잠이 없다

밤하늘은
맑은 은하수가 흐르고
바깥마당 멍석에는 동네 어른들이
마당가 끝자락에는
무럭무럭 모깃불이
견우와 직녀
큰곰, 작은곰, 백조, 헤라클레스와
숨바꼭질 아이들이

내 고향 까치고개는
잠도 없다


* 예부터 경기도 화성군 태안면 송산 2리, 3리를 까치고개라 부름.

# 황구지천*

황구지천 그리워 황구지천 찾았더니

맑은 모래 아이들 발자국은
온데간데없고
초저녁,
노을 따먹으려고 팔짝팔짝 뛰던
피라미도 떠났다


* 황구지천 : 경기도 화성군 태안면 들녘을 흐르는 하천

# 화산마을*에서 글쎄

하얗게 눈 덮은 들녘의 햇볕 깊은 짚가리에서
꽁꽁 언 황구지천 냇가에서
볕 좋은 이장집
바깥마당에서 새실거리던
꼬마 눈사람,
고추 먹고 맴맴,
깜장치마 검정고무신 따라 먼 길 떠났다고
철지난 달력이 살짝 이야기하여 주는데

그런데 글쎄
은하수 타고 놀던 쪽배도
샛별도
북두칠성도
모두 같이 갔다고 하네
참!
우리 누나가 부르던
새신을 신고도,
우리 형이 갖고 놀던 가오리연 방패연 얼레도,
함께 갔다고…

* 화산마을 : 경기도 화성시 화산초등학교 주변

# 매화梅花

추위가 갔다고는 하지만
언제 심술을 대차게 부릴지 모르는
이른봄 맑은 날 오후
이파리 없는 가지에서
어떤 것은 하얗게
어떤 것은 연한 분홍빛
첫걸음 떼기가 쉽지 않았을 텐데
밀어붙이는 배짱,
맑은 봄날에
맑은 꽃
자야!
정말로 미치게 곱다

# 고향

아파트로 이사 오면 끊어질 줄 알았는데
고향집 근처 사니

누구네 집 칠순잔치
누구네 결혼식
노인정 월례회의
부녀회의
김장철 소금값,
이장의 동네방송
아파트까지 연실 알려준다

어떤 때는 누가 죽었더라
이것도 가르쳐 준다

4부

# 사랑

혼자 가는 길이라 외롭다 할 수 있겠으나
본래 그 길은
혼자 가는 길입니다

누구는 이렇다고 말을 합니다
올 때는 맨손으로 오고
갈 때는 사랑 하나 갖고 간다고

괜히
마음 하나 붙일 곳 없어
하는 말이려니 하다가도
정말 그 말이 맞는 것 같습니다

사랑은 세상에 남습니다
사람은 갔어도
떠난 사람이 뿌린 열매는 세상에 남습니다

# 폐가 廢家

겨울 양식으로 풍성해야 할 텃밭에는
잡초가 가득하고
대청마루에는
파리만 한가롭다
연실 들려오던 어머니 다듬이소리는
잠든 지 오래
건넌방, 할머니 고추 말리던 매움은
백년 묵은 대들보도 그리운지
말을 잊었다
내려쬐는 볕은 예나 지금이나 따가운데
그 볕에
뒤꼍 장독대,
항아리 속 된장은 돌덩이 되었다

# 재회

무척이나 많은 비가 내렸었지
장례 기간 중에는

상여가 황구지천 둑길을 지나갈 때
빛 잃은 갈대는 바람결에 많이도 울었었지

먼 산
언덕배기에
어머님 들어갈 자리 반듯하게 다듬어 놓았을 때
잠깐
볕이 들었었는데

곱게 집단장하고
정원 꾸며 놓고
집에 오니
또다시 많은 비가 내렸었지

이제,
오월 맑은 볕에 아버지 가셨으니
만나셨겠지

# 슬픈 그리움 2


여보시게,

바쁘신가,

덕분에 난

사슴

# 어머니 반짇고리

어머니 반짇고리에는 요것조것 많이 있었다
조그만 천으로 만든 작은 주머니에는 단추들이 아기자
기 놀고 있었고
누덕누덕 천으로 만든 조금 큰 주머니에는
구멍 뚫린 양말과 작은 천조각이 서로서로 꼭 껴안고
뒹굴고 있었다

골무와 가위
굵은 실 가느다란 실 감겨 있는 넓적한 실패 가족
그리고 그곳에서 잠자고 있는 크고 작은 바늘 가족
긴 막대기자 작은 막대기자
둥글둥글 재봉틀용 작은 실패 가족
따뜻하게 털옷 만드는 대나무 바늘 가족

어머님 반짇고리에서는 여럿의 가족들이 방글방글 소
곤소곤 놀고 있었다
어머니는 반짇고리에서 따뜻함을 만들어 내셨다
어머니는 반짇고리에서 포근함을 만들어 내셨다

실이 없는 작고 둥근 실패는 개구쟁이가 가져간다
작은 실패에다 칼로 바퀴 만들고 옆에다 초 조각 붙이고
검정고무줄 당겨 긴 막대기 붙이고 땅 깎는 차라며 불
도저 만들면,
어머니 웃으셨다


윗도리에 단추가 하나 사라졌다
작년에 딸아이에게 주면서 달아 놓아라 하였건만


창문 베란다 한 쪽에서 작고 조그만 하얀 단추가 매일
웃고 있다
어제도 그제도 오늘도 그 자리에서 웃고 있다
어머니 반짇고리의 작은 주머니 지금 없다
누덕누덕 천으로 만든 주머니
어머니 반짇고리,
없다

# 봉숭아

봉숭아꽃은 세 번 핀다고 합니다
꽃밭에서 한 번 피고
여자아이의 손등에서 한 번 피고
여자아이의 고운 손등을 바라보는
사내아이의 가슴에서 마지막으로 핀다 합니다
백수에 하늘나라 가신 우리 할머니는
봉숭아꽃을 무척 사랑하셨습니다

저는 봉숭아꽃을 보면 백수의 우리 할머니
손은 거북등
허리는 새우등처럼 굽으신 몸으로
봉숭아꽃 가꾸시는 모습이 보입니다
곱디곱게 봉숭아 물들이고
하늘나라에서 할아버지와 다정하게 있으실
할머니가, 보입니다

# 가을 초입

신작로길 옆으로 코스모스가 예쁩니다
둑길로 억새가 바람에 즐겁습니다
시원한 바람은 더위를 데려갑니다
논두렁 물이 서서히 냇가로 나갑니다

맑고 높은 하늘이 반갑습니다
나풀거리는 어머님 하얀 치마가
들녘에서 바람과 너울너울 춤을 춥니다
방아깨비 메뚜기 잡기가 신났습니다

귀뚜라미 노랫소리가 들립니다
벌레들 울음소리도 함께 들립니다
들려오는 기적소리가 슬픕니다
서산에 내려앉는 노을이 아쉽습니다

지금,
아버지 어머니 계신 정원도
색 바꿔 입을 겁니다

# 우리 아버지

길게 누우셨다
온종일 담배만 입에 물고 텔레비전 보며 누우셨다

- 운동 좀 나가시죠?
- 다리에 힘이 없어서
- 없는 힘 움직이면 다시 돌아와요
- 싫다

꿋꿋하게 담배만 물고 누워 계시더니
이내 일어나지 않으시고 지금도 마냥 누워 계신다

말씀하신다
어머니에 대해 한말씀하신다

- 고생 많이 했는데
- 누가요?
- 너의 엄마
- 보고 싶으세요?

뒷동산에 다정하게 누워 계신다
홀로 12년 담배와 안방 지키시다 이제 합방하셨다

# 초가<sub>草家</sub> 우리 집

사라지기 전 남겨두려고
그림 그렸다

용주사 절
대웅전 외벽 벽화에 덧칠하듯
기억에 덧칠하였다

어떤 것은 잊으려 하여도
또랑또랑한데

초가<sub>草家</sub> 우리 옛집

하얀 한지에 먹물로
또박또박 그렸다

마음에 쿡쿡 찍어 넣었다
초가<sub>草家</sub>의 내 옛집

# 엄니 생각

백혈병 골수이식 후 25개월째
운동삼아 마을길 걷고 있는데 노인정 가시던
울엄니 친구

― 안녕하세요?
― 누구야?
― 개똥아범이에요
― 누구? 개똥아버지야, 그래, 아이고 하나님 아버지
감사해라 매일매일 기도했는데 괜찮지?
― 네

아주머니 올해 여든
엄니도 살아계시면 여든,
젊은 아주머니 도움 받아 노인정 문 여시면서

― 하나님 아버지, 감사해라

# 청둥오리

늦가을 어머님 하늘 가시고 그해 겨울, 많은 눈 왔던 어느 날,

출근하려 자동차 시동 거는데 차고 구석에 청둥오리 한 마리 웃고 있다

이게 웬 떡이냐 손 뻗치니 순순히 몸을 맡긴다

빈 철망 개장에 가두어 두고 친구들과의 소주 한잔 안주 생각했는데

할머니, 어머님 집 찾아오셨으니 기력 회복시켜 보내주자며 곡식 넣어준다

퇴근하여 돌아오니 개장문 활짝 열렸는데 오리 그대로 있다

이틀이 지난 토요일 오후

나는 저녁시간에 벗들과 즐거운 시간 기다렸지만

할머니는 멀고 먼 길 떠나야 하는 어머님을 생각하셨다

살금살금 다가가 닫으려 하니 잘 있어라 하며 힘차게 날아간다

서운함이 섭섭함 되었다


집 앞 황구지천에 많은 청둥오리가 겨울날 보인다

답답할 때면 수시로 가서 오리를 본다
할머니 아버지 어머니 이웃집 아저씨 아주머니…

# 회심곡回心曲

회심곡 가락이 구성지게 들려온다
예전부터 많이 듣던 노래였는데 한동안 들리지 않아
섭섭했었다
막내 작은아버지 언제나 밭일할 때는 회심곡을 틀어놓
는다
교통사고로 정신 놓고 계셨는데
이제야 돌아오셨는가 싶어 가 보았더니 큰고모님
막내동생 정신 돌아오라 크게 틀어 놓고서
두 분이 정원 야외 의자에 앉아 다소곳이 듣고 있다
열세 살 차이,
막내 작은아버지 첫돌 되기 전에 할아버지는 하늘로
가셨다
업어 키우셨던 고모님은 안타까움에 슬프다
남동생 넷이었는데
둘은 먼저 가고 남은 둘 중에 막내가 오락가락

회심곡 가락 자작자작 젖어드는 저녁
여든여섯 큰고모님 가슴 적시는 노을이 슬프다

# 만지작만지작

백수白壽까지
곱사등에 갈퀴손으로
텃밭을 주름잡으셨던 울할머니

할머니 돌아가시니

집 안팎으로
민들레꽃이 얼씨구 어절씨구 잔치를 하고
텃밭에서는
시금치와 질경이가
함께 숨바꼭질하느라 구슬땀 넘치고

백혈병 걸려
손 놓은 나,
가슴만 만지작만지작

# 저희만 그리워합니다

아버지
집 떠나신 날 어느덧 삼 년

그리도 맑고 곱던 이팝나무꽃
봄바람에
한없이 출렁거리는 날
아버지
그리워하는 이들과 이별하고
그리움 찾아
먼 곳 가셨는데

저희만 그리워합니다

# 어머님 다듬이소리

어머님 힘차게 두드리시던 다듬이
광에 고이 남아 있는데
어머니 어느 곳서 깊은 잠 주무시나
다듬이소리 우렁차던 대청마루 한 쪽 공간
아직도 어머님 자리 남겨져 있는데
장단 맞추어 두드리시던 소리와 함께
어머니 어느 곳 어느 장소 떠나가셨나
어린 시절 다듬이소리
뚝딱뚝딱 온 집안 구석구석 울려퍼질 적에
뜨겁던 온기도 시원하게 바뀌어
대청마루에 머물고
시끄럽게 울던 매미도 가만가만 음에 취해
느티나무에서 조용조용 오후를 즐겼는데
지금,
매미소리 우렁차나 대청마루 조용하고
뚝뚝 딱딱 뚝뚝 딱딱
어머님 다듬이소리,
집 떠난 지 십오 년

# 아들아 딸아

아들아, 딸아, 시간이 멈추면 좋은 거지
옛날에는 빨리 가는 시간이 좋았는데 지금은 싫다
멈추면 지금보다는 나빠지지가 않겠지
그렇지만 조물주는
시간을 멈추지 못하게 만들어 놓았구나
내가 나의 아버지 어머니와 헤어짐이 있었듯이
세상은 항상 이별을 만들어 놓았구나
만나고 헤어짐이
다람쥐 쳇바퀴 돌듯 하면 아픔은 없겠는데
다음을 기약하는 약속을 하지 못하니
슬픔이 가슴에 넘치듯 쌓이는구나
그러나 다른 한편에서 생각하여 보면
이것이 자연의 법이고 조물주의 법이니
거부하는 것보다는 순종이 아름다울 것 같구나
혹여 너희들과의 헤어짐이 존재한다 할지라도
슬픔의 감정은 훨훨 바람에 즉시 날려 보내고
꿋꿋하게 너희들의 아름다운 삶을 위해
힘차게 발돋움하려무나
지남은 지남에 묻어 두고

너희들의 삶을 화려하게 장식하기 위해
열심히 달음박질하려무나
한 가지 방법은 잊지 말아라
그 어떤 것도 잘하려 하지 말고
그냥 열심히 하고 결과는 조물주에게 맡기려무나
그럼,
조물주는 너희에게 아름다운 삶을 선물로 줄 것이다
잊지 말아라
슬픔은 빠른 시간 내 너희에게서 멀리 보내고
열심히만 살아라

— 너희를 많이 사랑하는 아빠가 —

해 설

# 백혈꽃으로 피어난 몸의 시, 엄살이 없는 시학

김 왕 노(시인)

## 1. 그의 자술을 통해 보는 현실을 뛰어넘는 시력

박상돈의 시는 잔잔하다. 이미 거친 풍파가 다 지나간 후 고요한 바다 같다. 하나 시의 내면에는 격류가 있다. 아무도 막을 수도 없는 막지도 못할 삶을 향한 치열한 처절한 뜨거움이 독사처럼 웅크려 있다. 그렇다고 그의 시가 지나치게 과장되거나 엄살이 있는 시가 아니다. 아픔이 그의 몸 이곳저곳으로 다닌 흔적이 백혈병의 슬픔이 그의 가슴 여기 저기 딛고 다닌 발자국이 여과 없이 선명하게 시로 나타나 있다. 그러나 분명한 것은 그가 시로 아프다고 말하지 않으므로 더 단단한 시를 쓰고 있는 것이다. 그가 아프므로 보여줄 수 있는 인간이나 죽음에 대한 비관이나 비난도 없이 도리어 그 모든 것을 따뜻하게 응시하므로 아프므로 올 수 있는 인간의 대한 증오, 죽음에 대한 공포가 그에게는 없다. 그러므로 그는 시를 통해 아픔과 죽음의 문제에서 결국 해방되므로

100

그의 시에서는 죽음의 냄새나 아픔이나 슬픔의 냄새가 나지 않는다. 그가 담담하게 세상을 바라보고 시를 쓰므로 도리어 그의 시를 접하는 우리를 그가 진작 가져야 할 삶의 비애 속으로 도리어 우리를 내동댕이치는 꼴이 되는 것이다. 그가 아파하지 않으나 그의 아픔이 우리에게 전이되는 것이다. 하나 왜 그가 아프지 않겠는가? 그러나 그의 시가 보여주는 만큼 그는 몸이 비록 아프나 건강하고 건재한 그의 정신세계를  가지고 있음을 보여준다.

그리고 그의 시를 읽기 전에 그의 생을 점자처럼 더듬어 보는 것도 그가 왜 삶의 아름다움을 노래하고 있는지 어떻게 고통의 시간을 넘어 숙성된 시의 향기를 가지게 되는지 알게 된다. 그의 시를 더욱 긍정적으로 대하게 되므로 여기 잠깐 그의 무삭제 완역판인 그의 자술서, 스스로를 박상돈이라 부르면서 쓴 자술서 위에 잠깐 머물다 가기로 한다.

경기도 화성군 태안면 송산리 105번지 시골 농부의 4남매 중 셋째아들로 태어난 박상돈은 시골에 있는 화산초등학교와 안용중학교를 다녔다. 가족은 아버지는 철도청 공무원이셨고 농사짓는 할머니와 삼촌들 등 대가족이 살았다. 초중학교 시절에는 취미삼아 학교 운동부에서 활동하였는데 시골동네 선배인 차범근 선수로 인해 서울 배재고등학교 축구부로 스카우트 되면서 본격적으로 운동선수의 길로 들어선다. 1974년 고등학교 일

학년 때부터 주전으로 활약하던 박상돈은 결핵성늑막염으로 일차 좌절을 겪고 급기야 1975년 고교 2학년 때 학교를 질병으로 휴학하게 된다. 1976년 복학 한 박상돈은 그해 겨울 아시아 청소년축구선수권대회 대표선수 선발전에서 대한민국 청소년 국가대표 축구선수로 발탁되는 행운도 얻지만 부상으로 인해 1977년 3월 대표 팀에서 제외되는 아픔을 겪는다. 크게 실망한 박상돈은 축구선수로서의 진로희망을 포기하고 지도자의 길을 선택하고자 대구에 있는 국립경북대학교 사범대학 체육교육학과에 진학을 한다. 1982년 3월 경기도 이천에 있는 이천농업고등학교에서 첫 교직생활을 시작한 박상돈은 여러 학교를 거쳐 교직생활을 하다가 2010년 2월 28일 백혈병 골수이식으로 정년을 다 채우지 못하고 28년간의 교직생활을 접고 명예퇴임을 한다. 글쓰기를 시작한 것은 2003년 가을부터였으며 함께 살았던 아내와 그해 이혼을 하면서 이혼의 아픔을 추스르는 과정에서 글을 접하게 되었고 수원에 있는 바람꽃문학회에서 여러 시인들의 도움을 받아 시 쓰기를 배웠다. 2008년 2월 만성골수성 백혈병 진단을 받고 이대로 죽는가보다 하니 그 동안 써 놓았던 글이 아까워 부리나케 1차 시집을 오산 문인협회 성백원 지부장의 도움을 받아 문학과현실사에서 시집 아버지 가시는 길을 2009년 10월 20일 출간하였다. 병세가 점점 악화가 된 박상돈은 2009년 3월에 병원 응급실로 실려 가고 겨우 회복한 박상돈은 골수이식을 하지 않으면 죽음을 가져온다는 의사의 진단을 듣고 크게 실망하고 어쩔 수 없어 2010년 3월 2일 서울 성모병원에서 골수이식을 하였다. 골수이식 후 공격해오는 여러 가지 증세와 죽음에 대한 공포가 투병생활을 매우 힘들게 하였으며 특히 적응하는 과정에서 오는 숙주반응은 차라리 죽음으로 가는 것이 났다는 결론을 만들기도 하였다. 죽음이란 무엇인가를 깊이 많이 생각하게 되었으며 또한 죽음이 가까이 있으니 옛사람들이 그립고 부모님에 대한 그리움과 홀로 방구석에서 견뎌야 하는 투병과정은 박상돈에게 고독과 고통과 좌절과 포기 등등… 병과의 전쟁으로 많은 심적 갈등을 경험하게 하였다. 이때의 느낌과 감정을 그냥 하늘로 날려 보낸 것이 아니라 하나하나 글로 적었다. 매일매일 일기를 적어가면서 그날그날 병과 자신과의 싸움을 정리하였으며 그 중에서 시로서 이 정도는 괜찮겠다. 인정되는 것을 모아 퇴고를 거쳐 시로 만들었다. 이제 골수이식을 한지 32개월이 지났다. 지금까지의 글을 모아 시집으로 세상에 내보내려 한다. 1부에서는 만성 골수성 백혈병 진단으로 인한 두려움과 좌절 또한 골수이식으로인한 투병과정의 힘듦을 서술하였으며 2부에서는 힘든 투병과정이지만 그래도 희망을 갖기 위한 의지와 노력 마음자세를 서술하였다 3부에서는 고향 까치고개에 대한 향수와 그리움에 대해 서술하였으며 4부는 가족에 대한 그리움과 안타까움을 기술하였고 4부 마지막 글에서는 아이들에게 니의 죽음 이후의 삶에 대해 유언을 적어 놓았다. 이글로 인하여 아직 몸에 완전하게 적응하지 못해 힘듦이 계속 되고 있지만 똑같은 상황에서 힘들어 하는 백혈병 환자 들과 다른 암환자들 그리고 세상에서 힘듦으로 많은 고 통을 받는 이들을 위하여 조금이나마 그들을 위로 할 수 있다면 그래서 이글이 쓰인다면 나는 행복할 것이다. 아 침에 일어나서 밝음을 보면 오늘 하루도 내게 생명이 주 어졌구나 하는 감사의 마음으로 시작해서 잠자리에 들 기 전 이불을 덮고 천장을 보면서 오늘 하루도 이렇게 마무리를 할 수가 있구나 하였을 때 또 다른 감사의 마 음은 가슴에게 커다란 만족을 준다. 그리고 이렇게 하여 준 하나님께 깊이 감사드리며 감사의 기도를 드린다.

그의 자술서가 바로 훌륭한 그의 시에 대한 해설이다. 나의 말은 사족에 불과 하다. 아픔을 극복해 시로 승화 시키는 것만큼 위대한 작품은 없을 것이다. 몸이 부서져 가면서 시를 얻는 것만큼 위대한 작업은 없을 것이다. 모든 세상의 시가 유언이듯 유언으로 남긴 그의 시는 긴 감동을 던질 수 밖에 없는 것이다.


## 2. 넋두리이나 넋두리가 아닌 진실의 시


그의 시는 거짓이 없다. 실존의 고통이 지나치게 반영 될 수도 있으나 그의 텍스트에서는 아픔으로 나타날 수 있는 어떤 날카로운 날이나 증오가 없다. 그만큼 그의 시는 삶과 이웃과 세상의 모든 문제와 친화력을 가지고 있다. 사물의 외적인 면을 훑어가면서 자신의 내면을 스스럼없이 반영해 가는 그의 시 정신은 건강하고 올 곧고 조용하나 시의 역동감과 함께 끈질긴 정신을 잘 보여주고 있다. 그가 끈질긴 정신력을 가진 것도 사실은 젊은 날 그를 흥분케 했던 스포츠라는 축구에서 오지 않나 하는 생각도 든다. 축구란 드리블이니 슛이나 다 극한 상황에 이르러 이루어지기도 한다. 몸이 최대의 고통 속에 빠지거나 엄청난 부상을 입을 수 있는 염려가 있으나 과감히 자신을 그 위험 속으로 몰아가기도 한다. 그러한 과정을 거쳐 온 박상돈이 소진 한 상태에서 찾아오는 맑은 정신이나 성취감을 즐기기도 했을 것이다. 정신의 노폐물을 쭉쭉 스포츠로 사정해버리고 푸른 오르가슴으로 가는 것에 익숙해 있기도 할 것이다. 그것이 바로  박상돈이 몸이 소진되었으나 정신으로 밀고 나가는 세계가 아닌가 생각되고 그가 시를 쓰므로 소진된 그의 몸도 다시 기적적으로 회복되는 것이다.   이제 그의 시 해체를 통해 그가 어떻게 세상을 제 코드에 맞는 시로 정제해 니기는지 살펴보기로 한다.


    조용히 피었다가 그렇게 지고 싶다

    가만가만 불어주는 바람은 좋다

시끄럽게 주절대는 바람은 싫다
하여도,
거부하지 않으마
바람도 자기 살기 위한 것
막을 생각은 없고

오직 나는 나
기도하고 운동하고
백혈병과 이기는 싸움하면서
나는,
그냥저냥 나의 길 갈 뿐이다

—「봄꽃」 전문

그는 꽃이 조용히 피었다 지는 것처럼 모든 것을 순리로 받아들이고 있다. 그는 초 현실이나 현실을 거부하거나 부정적으로 고개를 주억거리지는 않는다. 불어주는 바람마저 가만가만 불어주기 바라나 주절 되는 바람마저 제 몫의 생으로 살아가므로 다 받아들이는 박애의 정신이 시에 나타난다. 그러면서 그는 그냥저냥 나의 길은 간다라고 천명하면서 모든 것을 긍정적으로 받아들인다. 여기서 그의 건강한 정신세계와 대면하게 되고 그의 맑은 정신세계를 들여다보게 된다. 박상돈 그와 나의 첫 대면은 어느 연수 자리였을 것이다. 그의 자술을 통해 그 때는 아마 아내가 떠난 그 상태였을 것으로 짐작한다. 그러나 나는 그의 처지를 몰랐고 그 때 그와 첫 만남이었고 난 축구를 좋아해 그 때도 지금도 라이트 윙으로 공격수를 맡고 있어 그가 청소년시기 축구선수였다는 사실 하나만으로도 호감이 갔다. 그런데 그가 대화 도중 시에 관심이 있기에 언젠가 한번 만나 시에 대해서 이야기를 나누었으면 좋겠다고 하였다. 나도 쾌히 승낙을 하고 잊고 있었다. 그러다가 작년에 그나 나타났다. 엄청난 충격 속으로 빠졌다. 일반적으로 운동선수면 오래 살고 안 살고를 떠나 50, 60 때에는 활기차고 건강하리라 생각했는데 백혈병을 앓았으며 골수이식까지 했다고 하였다. 그런데 그의 손에는 약 200 편이나 되는 시가 손에 들려 있었으며 그가 시를 봐주면 좋겠다는 말을 하였다. 난 그의 초기 시 및 최근의 시를 보면서 몸이 괜찮아지면 시를 쓰라고 권유하고 싶었지만 시를 정리해 시집을 묶어야 한다면서 너무 절박하게 말하므로 내 말을 거두었다. 그는 아픈 몸으로 시를 쓰면서 거듭 태어나고 있었던 것이다. 세상과 부딪혀서 불구인 그의 마음이 시를 지팡이로 삼아 거뜬히 일어나 지금 그는 어느 모로 보나 불구가 아닌 것이다. 시가 그의 즐거움이자 그에게 내리는 처방이자 그가 마시는 생명수와 같은 것이다. 어쩌면 시를 마취제로 그가 그의 아픔을 이겨나가고 있을지 몰라도 그는 시를 통해 다시 부활 한 것이다. 그러므로 그의 시는 아름답고 섬세하고 감동적일 수밖에 없다.

내일이라는 단어는 아름납나

내일이라는 말은 기쁘다
소망이 있고 희망이 있고 밝음이 있을 때

내일이라는 단어는 아프다
내일이라는 말은 슬프다
절망만이 가슴서 넘실거릴 때
시계야, 걸음발에 자물쇠를 채워라
내일이란 단어에다 지우개 갖다 붙여라

오늘
나는 아프다

－「오늘 나는 아프다」 전문

　박상돈이 오늘 나는 아프다 할 때 그 아픔이 뼛골까지
전해져 온다. 그냥 단순히 아프다고만 한다. 명징한 아
픔 그러나 박상돈은 아프면서도 희망을 잃지 않고 있다
는 것을 여실히 드러내고 있다. 내일이라는 단어는 아프
다. 내일이라는 말은 슬프다. 하면서도 은근히 그는 내
일도 아프면서도 살아가야 하는 날이라 말하며 오늘 아
픈 것이다. 이제 아프다는 것은 박상돈에게 일상이다.
그러나 그 아픔이 절망으로 가지 않기 때문에 그의 아픔
은 그의 시에서처럼 내일이라는 단단한 단아로 태어나
고 아름다운 것이다. 내일이라는 말은 기쁘다. 그의 시
를 거슬러 올라가서 결국은 기쁜 내일을 얻는 것이다.
시는 한사람의 정신세계를 표상하는 중요한 수단이자

정신세계를 닮고 있는 돌확과 같은 것이다. 시 안에는
수련이 피어 있을 수 있고 비유와 과장 직설 상징이나
인간과 인간의 감정이 고여서 찰랑거리고 있다. 그러나
시가 한 사람의 감옥이자 폐쇄적 세상으로 데려 갈 수
있는 상대성도 가지고 있다. 그러나 박상돈은 시를 통해
제 생을 재구성하고 제 생의 튼튼한 받침목으로 삼으면
서 앞으로 나아가므로 세상은 끝없이 밝고 희망적이란
세계관을 그가 가지고 있음을 알 수 있다.  그리고 자기
연민으로 빠지지도 않는다. 아프므로 시가 공격적일 수
도 있으나 그의 시는 순하다. 그러므로 습자지 같은 읽
는 사람의 마음으로 소리 없이 스며든다. 이것이 박상돈
이 가진 시의 매력이자 마력인 것이다.


    넋두리 한번 털어놓겠습니다

    장미꽃은 왜 저렇게 예뻐서 모가지를 잘리고
    돼지고기 삼겹살은 왜 저렇게 맛있어서
    만날 만날 불판 위에서
    지글지글거려야 되느냐고

    넋두리 한번 떨있습니다
                              ―「넋두리」 전문


  그의 시 넋두리를 읽으면서 그 뒤에 더 이어질 넋두리

가 있을 것 같다. 난 왜 그렇게 튼튼해서 떠나간 아내가 있고 나를 찾아온 백혈병이 있어 이렇게 요란스럽습니까? 일 것이다. 하나 그는 넋두리마저 절제할 줄 안다. 그러므로 그의 넋두리는 넋두리가 아니라 절실한 말인 동시에 시로 나타나는 것이다. 즐거운 넋두리로 자신의 삶을 잘 이끌어 가고 있는 것이다.